雪女の家
おけら山
どんより沼
おおかみ男の家
ひりひり滝
ぬるぬる池
がたがた橋
にこにこ
ぷんぷん
めそめそ
の花畑
ぞくぞく
劇場
美術館
ぞくぞく
小学校

ぞくぞく村の
かぼちゃ怪人《かいじん》

末吉暁子・作　垂石眞子・絵

おばけかぼちゃ畑《ばたけ》は、ぞくぞく村《むら》の東《ひがし》のはずれ、べろべろの木《き》のそばにあります。

わらった顔《かお》や、おこった顔《かお》、なきべそをかいた顔《かお》や、うらめしそうな顔《かお》、いろんな顔《かお》をしたかぼちゃが、ごろんごろんところがっています。

中《なか》は、がらんどうのからっぽで、かたい皮《かわ》ばかりですが、食《た》べてみると、これがあんがいおいしいのです。

ドッキリ広場《ひろば》のカフェテリア「のっぺらぼう」の「おばけかぼちゃの丸《まる》ごと天《てん》ぷら」は、人気《にんき》ばつぐんメニューです。

いくら食《た》べても太《ふと》らないから、魔女《まじょ》のオバタンも大《だい》のお気《き》に入り。

ごちそうになるだけではありません。

ちびっこおばけのグーちゃん、スーちゃん、
ピーちゃんが、宝《たから》さがしごっこをするときも……。

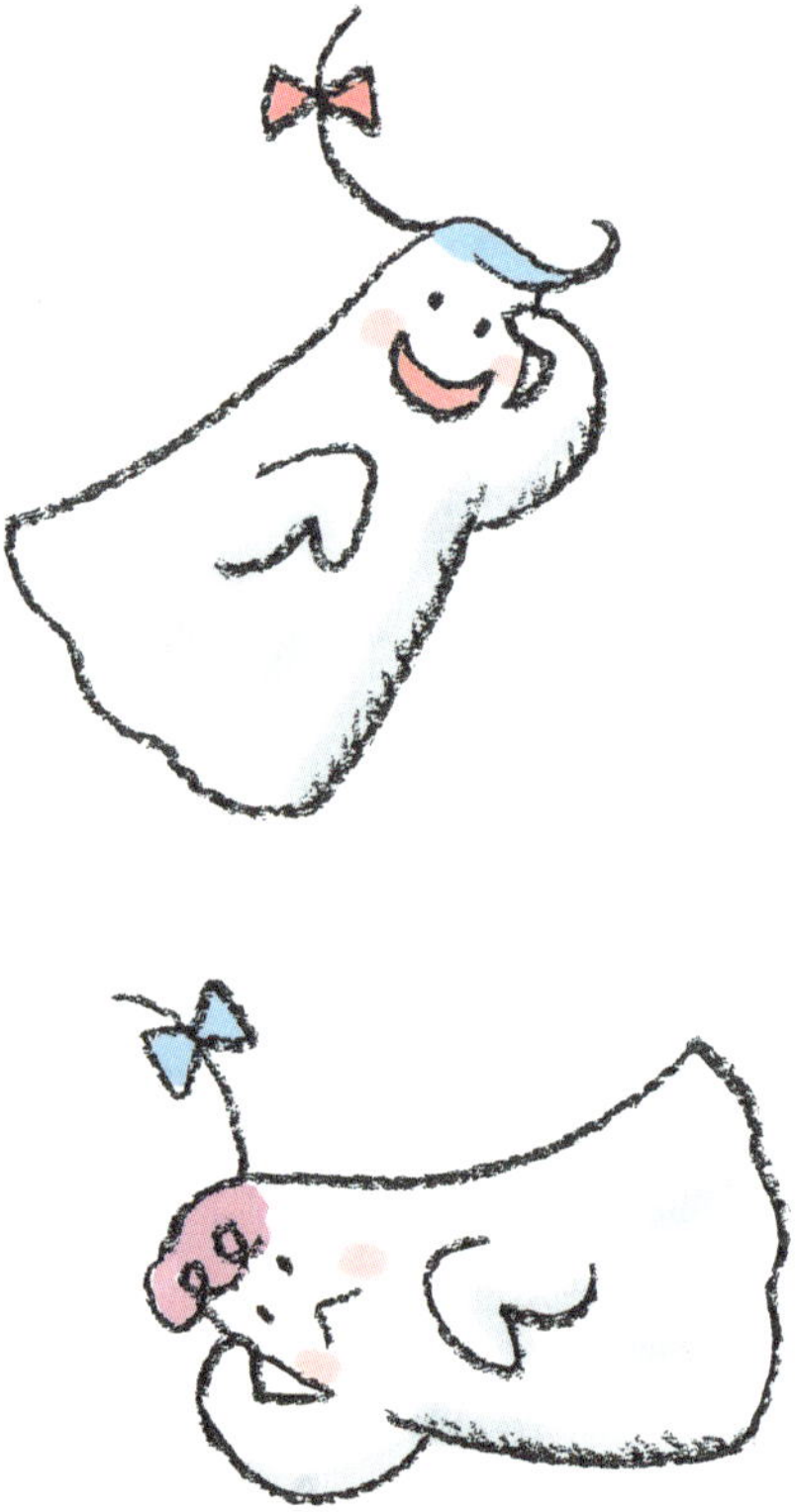

ドラキュラのむすこニンニンといっしょに、
かぼちゃころがしをするときも、おばけかぼちゃはだいじな小《こ》道《どう》具《ぐ》です。

ところが、そんな中《なか》に一つ、なんともぶきみな
顔《かお》つきのおばけかぼちゃがいました。

「かぼちゃ割《わ》りゲームしようよ。」

と、サボテンバットをかかえてやってきた、グーちゃん、スーちゃん、ピーちゃんも、このぶきみなかぼちゃをひと目見《めみ》たとたん、

「グワ！」「スワ、にげろ！」「ピヤーン、こわい！」

とにげちゃうし、

「今日《きょう》もはりきって、おばけかぼちゃの丸《まる》ごと天《てん》ぷらを作《つく》るぞ」と、
やってきたカフェテリアの主人《しゅじん》、のっぺらぼうのペラさんも、
チラッとぶきみかぼちゃを見《み》たとたん、
「い、今《いま》のは見《み》なかったことにしよう……。」
と、よけて通《とお》ってしまうのです。

この、ぶきみかぼちゃだけは、だれにも食《た》べてもらえず、かといって、ちょうちんにしてもらうこともなく、どんどん大《おお》きくなる一方《いっぽう》。だれもかれもが、見《み》て見《み》ないふりをして通《とお》りすぎるのが気《き》にいりません。

ますます、おどろおどろしい顔《かお》つきになり、だれからともなく、「かぼちゃ怪人《かいじん》」と呼《よ》ばれるようになりました。

そんなある日《ひ》、かぼちゃたちをけちらして、空《そら》から、ドーン！　と、ふってきたのは、魔女《まじょ》のオバタンの大《おお》なべです。

いつもは、使《つか》い魔《ま》だけで、かぼちゃを取《と》りにくるのに、めずらしく、オバタンもいっしょです。

魔女《まじょ》のオバタンは、かぼちゃ畑《ばたけ》にだれもいないのをたしかめると、

「やったぞ！　あたしがいちばん乗《の》りだ。さあ、おばけかぼちゃを全部《ぜんぶ》、取《と》って帰《かえ》るんだ。それ、取《と》れ！　全部《ぜんぶ》取《と》れ！」

と、使《つか》い魔《ま》たちに命令《めいれい》しました。

「ニャン？　オバタン、おばけかぼちゃ、いっぺんに全部《ぜんぶ》取《と》っちまうんですニャン？」
ねこのアカトラが、きょとんとしてたずねました。

「うっひっひ！　あたしのうらないではね、一週《しゅう》間《かん》後《ご》に、あのほうき星《ほし》がやってくるんだよ。だから、かぼちゃちょうちんにするのさ。」

「ブオイ！　あのほうき星《ほし》というと、三十年《ねん》に一度《ど》やってきて、そうじをしてくれる、あのほうき星《ほし》ですかい？」

と、ひきがえるのイボイボ。

「そうだよ。あたしゃ、自分《じぶん》で大《おお》そうじするのなんて、まっぴらごめん。おまえらだって、きらいだろ？」

「ペ、ペロ。たしかに、ぼくたち、おそうじきらい……。」

と、とかげのペロリ。

「でも、そのほうき星《ぼし》は、ぞくぞく村《むら》のみんなが待《ま》ってるから、みんなで、ちょうちん行列《ぎょうれつ》をしておむかえするんじゃなかったバサ？」

こうもりのバッサリが、上目《うわめ》づかいでたずねると、魔女《まじょ》のオバタンに、どなりたおされました。

「なに言《い》ってんだよ！　この前《まえ》、ほうき星《ぼし》が来《き》たときは、あたしんちは、そうじしてもらえなかったじゃないか。谷底《たにそこ》にあるから、ほうきの穂先《ほさき》が届《とど》かないんだよ。こんどこそはわすれられないように、あたしの家《いえ》のまわりだけに、ちょうちんをかざるんだよ。」

「ニャ、ニャーるほど。そうすれば、あのほうき星《ぼし》も、かぼちゃちょうちんを目印《めじるし》にして、まっすぐ、ぐずぐず谷《だに》へやってくるというわけニャン。さーすが、オバタン、あったま、いい！」

ねこのアカトラは、すっかりそんけいのまなざしです。

「そうとわかったら、さっさと、おばけかぼちゃを、全部《ぜんぶ》、この大《おお》なべにつみこむんだ！　それー！」

「ほい！」「はい！」「へい！」「ふえい！」

使《つか》い魔《ま》たちは、はりきって、おばけかぼちゃを大《おお》なべにほうりこみはじめました。

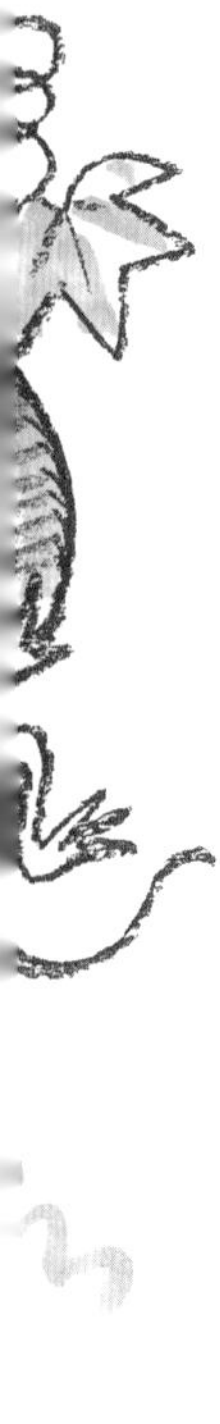

どんどん
つみこめー
ひとつも
のこすなー
ほい!
へい!

今、たしかに、
ここのおばけかぼちゃを、
全部、持ってかえると
いったビヤ。よーし、
こんどこそ、取って
もらえるビヤ。
魔女のオバタンなら
あっしの顔見ても、
おどろきゃしない
だろうビヤ。

ゴロ
ゴロン
ブチン♡
にたっ

ブルルル！　なんか、急に寒気がしてきたぞ。さっさと帰ろう。

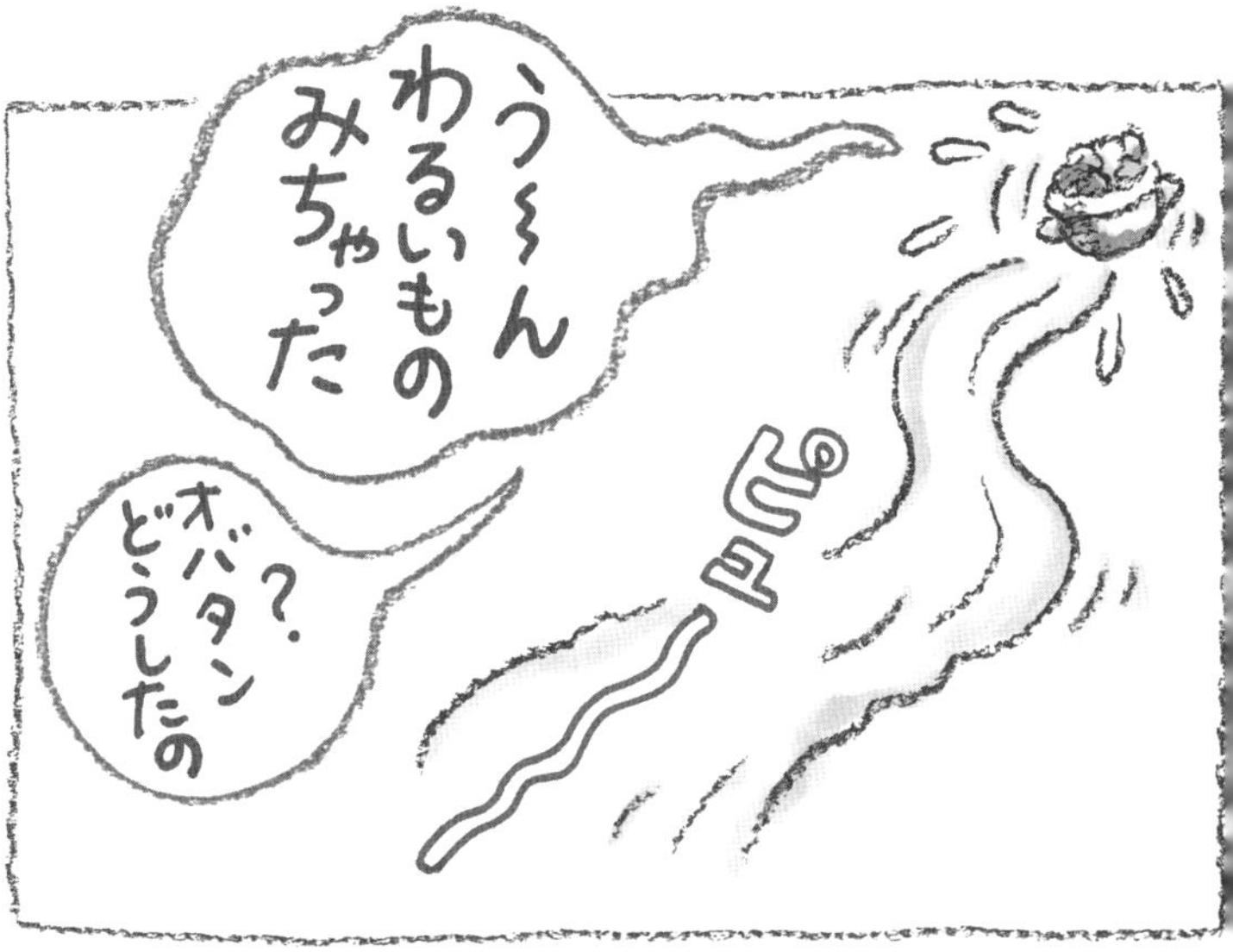

魔女《まじょ》のオバタンが、あんがい、イケメンごのみだとは知《し》らない
かぼちゃ怪人《かいじん》は、ひとりさびしく歯《は》ぎしりしたのです。

オバタンのうらないどおり、三、四日《か》たつと、おけら山《やま》の上空《じょうくう》に、
ほうき星《ぼし》が小《ちい》さく見《み》えはじめました。
やっと、ほうき星《ぼし》がやってくるのに気《き》づいた、ぞくぞく村《むら》の
おばけたちは、かぼちゃ畑《ばたけ》におしかけてきました。
もちろん、ちょうちん行列《ぎょうれつ》をするためです。
のこっているのは、
かぼちゃ怪人《かいじん》だけ……。
それなのに、みんな、
まるで、かぼちゃ怪人《かいじん》なんか
見《み》えないかのように、
よけて通《とお》りました。

けっきょく、かぼちゃ怪人《かいじん》を
取《と》っていこうというおばけは、
ひとりもいなかったのです。
「なぜだ！　なぜだ！」
がらーんとしたかぼちゃ畑《ばたけ》で、
かぼちゃ怪人《かいじん》は、しばらく
ボーゼンとしていました。

やがて、頭《あたま》のてっぺんのつるのところに、ポチンと怒《いか》りの火《ひ》が
ともりました。怒《いか》りの火《ひ》は、ジリジリジリジリ、導火線《どうかせん》のように
もえうつっていって、ついに頭《あたま》の皮《かわ》にたっしたかと思《おも》うと……、

ドゥオックアーン！

すさまじい音《おと》を立《た》てて、ダイナマイトのようにばくはつしたのです。

こなごなに飛《と》びちったかと思《おも》われたかぼちゃ怪人《かいじん》でしたが、
次《つぎ》のしゅんかん、ふしぎなことがおきました。

いったんは、バラバラに
ふっとんだかぼちゃ頭《あたま》は、
なんと、もう一度《ど》、
すいよせられるように集《あつ》まって、
つぎはぎだらけの
かぼちゃ頭《あたま》になったのです。

それぱかりか、かぼちゃの
つるのような、くねくねと
うずをまいた手《て》と足《あし》まで
くっつきました。

首《くび》からは、たくさんの
葉《は》っぱがつながって
ぶらさがり、まるで
マントのようです。

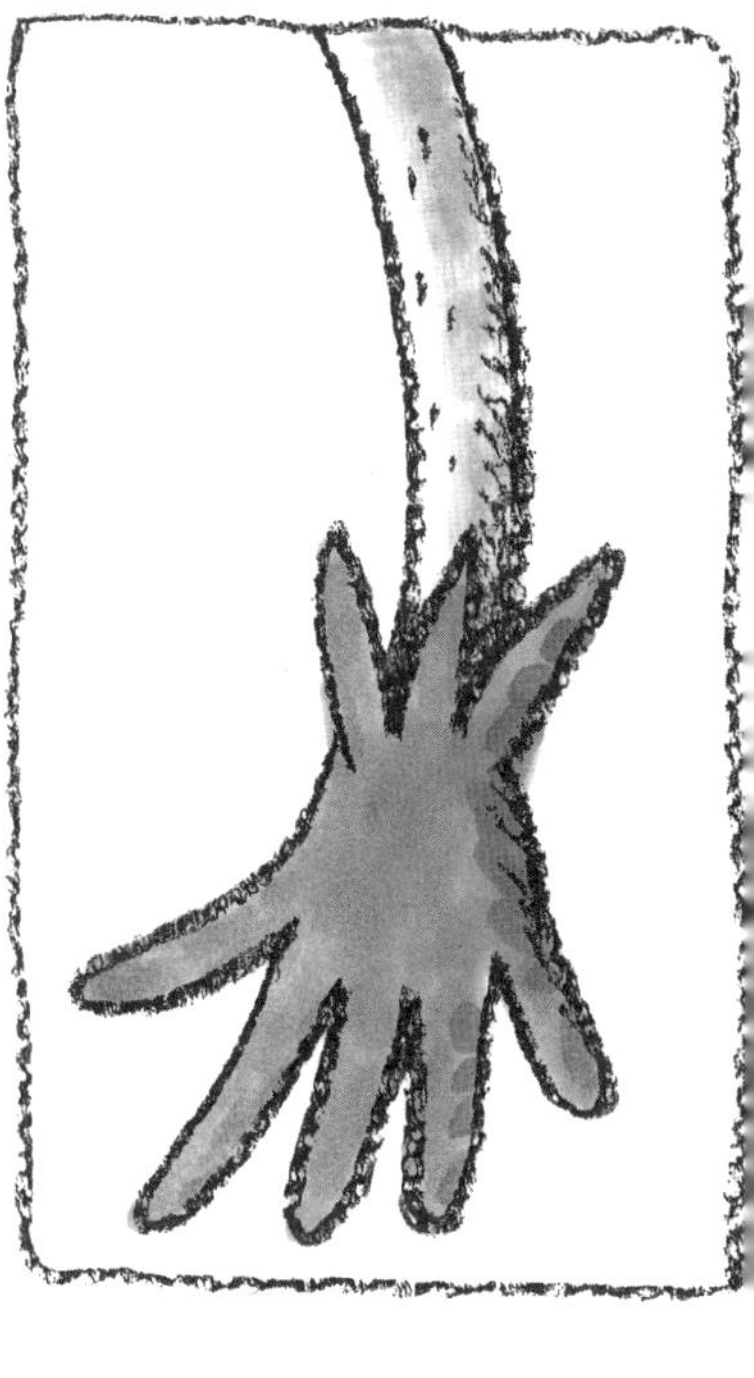

「ん？　ん？　ん？」

かぼちゃ怪人《かいじん》は、つるでできた両足《りょうあし》をふんばってみました。

ビョヨヨ、ヨ～ン！

ばねのようにはずんで、かろやかに立《た》ちあがれます。

「ありりり？　あっし、歩《ある》けるかも……。」

右足《みぎあし》、左足《ひだりあし》、と出《だ》してみると、ビョヨヨ～ン、ビョヨヨ～ンと、
はねるように歩《ある》けます。

「おおっ！　あっし、自由《じゆう》の身《み》だっビヤ！」

かぼちゃ怪人《かいじん》は、どこへともなく歩《ある》きだしました。

ビョヨヨン、ビョヨヨン、

ビョヨヨ、ヨ〜ン！

ひと足《あし》ごとに、はねるように進《すす》んでいくと、がらんどうの頭《あたま》の中《なか》を、スースーと風《かぜ》が通《とお》りすぎます。

ふと見《み》ると、そばのべろべろの木《き》に、ゴブリンさんちの七つ子《ご》の赤《あか》ちゃんのおしめがほしてありました。

かぼちゃ怪人《かいじん》は、おしめを一まいひったくると、頭《あたま》にほっかぶり。スースーしていたからっぽの頭《あたま》は、ちょうどいいぐあいに落《お》ちつきました。

そのまま、ひそひそ川《がわ》のほとりをはねとんで、ミイラのラムさんのお店《みせ》までやってきました。

ラムさんのお店《みせ》は、こっとう品屋《ひんや》さんです。世界中《せかいじゅう》から集《あつ》めた古《ふる》い
めずらしい品物《しなもの》を売《う》っています。
かぼちゃ怪人《かいじん》が、まどからそっとのぞくと、ラムさんは、ちょうど、
おくさんのマミさんに、古《ふる》めかしいラッパを見《み》せているところでした。

「これは、ウルセーラというラッパだよ。ふくとふしぎなことがおきるらしい。ちょっとふいてみようか。」

そういって、ラムさんは、ラッパをふきはじめました。


♪ブーブラ、ブーブラ、バーババババー！


はちの大群《たいぐん》の羽音《はおと》のような音《おと》です。

その音《おと》は、まどから外《そと》へもれでていき、風《かぜ》に乗《の》って、もじゃもじゃ原《はら》っぱのほうに流《なが》れていきました。

すると……、

もじゃもじゃ原《はら》っぱのほうから、ふわん、ふわん、ふわんとやってきたのは、ちびっこおばけのグーちゃん、スーちゃん、ピーちゃんです。ラムさんのお店《みせ》の中《なか》に、すいこまれるように入《はい》っていった三人《にん》は、

「グー！」「スー！」「ピー！」

「あたしたちのこと、呼《よ》んだ？」

そう言《い》いながら、ラッパのまわりをはねとびはじめたではありませんか。

「まあ、そのラッパは、ちびっこおばけたちを呼《よ》ぶのかしら。」

おくさんのマミさんも、目《め》を丸《まる》くしました。

ラムさんがウルセーラをおくと、グーちゃん、スーちゃん、ピーちゃんは、夢《ゆめ》からさめたように、また、ふわんふわんふわんと、もじゃもじゃ原《はら》っぱのほうに帰《かえ》ってしまいました。

そのようすを、こっそりものかげからのぞいていたのは、かぼちゃ怪人《かいじん》です。

「あのラッパをふくと、ちびっこおばけたちが来《き》てくれるんだっピヤ！　友《とも》だちになれるかも……。」

ラムさんたちがおくにひっこんだすきに、ビョヨ〜ンと手《て》をのばして、ラッパにからめて取《と》りました。

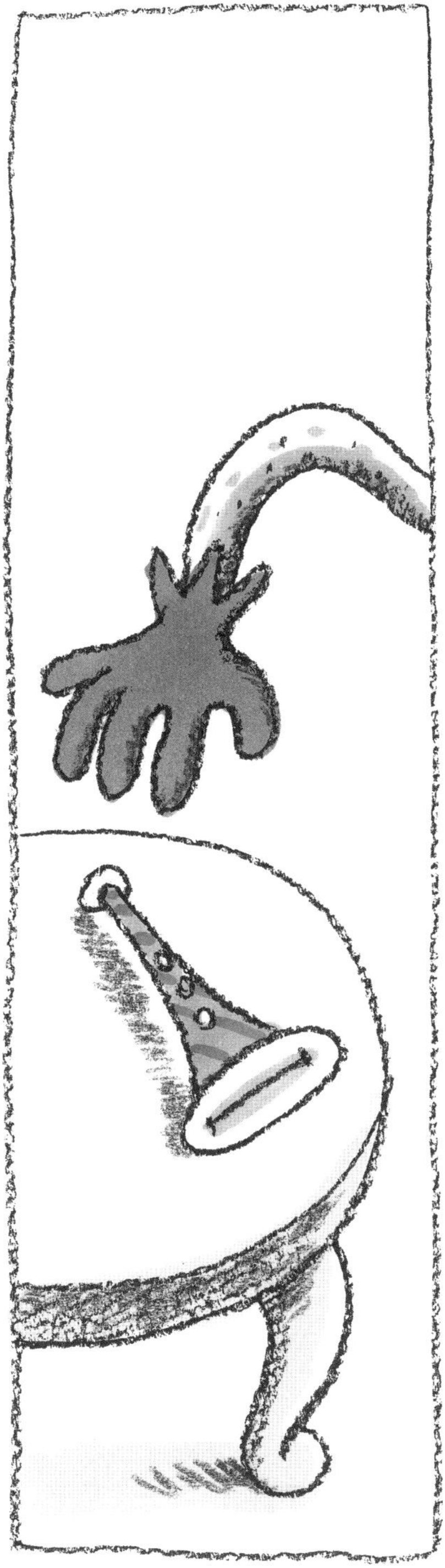

さっそく、かぼちゃ怪人《かいじん》は、ラムさんのまねをして、ふいてみました。
けれども、ラッパの口《くち》から出《で》てくるのは、
息《いき》のもれるような音《おと》ばかり。

♪ススー、スカー、ブースースー！

「ふーむ、なかなかむずかしい……ビャ。」
かぼちゃ怪人《かいじん》は、ラッパをふきふき、
もじゃもじゃ原《はら》っぱのほうに
歩《ある》いていきました。

このもじゃもじゃ原《はら》っぱは、ちびっこおばけたちが、いろいろないたずらをしかけてあるところです。

たちまち、かぼちゃ怪人《かいじん》は、むすんだ草《くさ》に足《あし》をとられて、ボテーンところんでしまいました。

ビョヨーン、ビョヨヨヨヨ、ヨ～ン！

そのまま、はねとびながら、ぐずぐず谷《だに》を落《お》ちていきました。

それでも、かぼちゃ怪人《かいじん》は、ラッパを手《て》からはなしませんでした。

ようやく立《た》ちあがったところは、
ぐずぐず谷《だに》の底《そこ》、魔女《まじょ》のオバタンの家《いえ》の前《まえ》です。
なんとまあ、魔女《まじょ》のオバタンの家《いえ》は、
ライトアップしたおかしの家《いえ》みたいに、
ぎんぎらぎん。
かぼちゃ畑《ばたけ》から持《も》ってきたおばけかぼちゃの
ちょうちんでかざりたててありました。

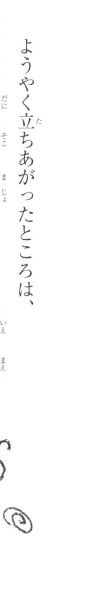

オバタン
のうち

「うおっほっほ！　こんどこそ、ほうき星《ぼし》は、まっすぐ、
あたしんちに来《き》てくれるさ。」
「こんどは、きれいに大《おお》そうじしてもらえるバサ。」
「ニャハハハ！」
「ブオホホホ！」
「ペロペロペロ！」
かぼちゃ怪人《かいじん》が空《そら》を見《み》あげれば、おけら山《やま》の上空《じょうくう》のほうき星《ぼし》は、
もう、はっきりとほうきの穂先《ほさき》が見《み》えるほど大《おお》きくなって、
ぐんぐん近《ちか》づいてきます。

けれども、かぼちゃ怪人《かいじん》には、そんなことはどうでもいいのです。

「ちびっこおばけたちは、どこだっピャ……。」

ウルセーラを口《くち》にあて、ひっしでふきながら、ぐずぐず谷《だに》をのぼっていきました。

けれども、ウルセーラからは、やっぱり、こんな音《おと》しか出《で》てきませんでした。


♪スースー、スカーブー！　スースカブー！

スースー、スカーブー！　スースカブー！

ようやく、もじゃもじゃ原《はら》っぱのそばまでもどってきましたが、ちびっこおばけたちがやってくる気配《けはい》もありません。

そのかわり、ふと、ふりかえったかぼちゃ怪人《かいじん》は、ビョビョーンと飛《と》びあがりました。

「ビャッ！　なんじゃ、こりゃ！」

ごろんごろん、ころがりながら、ぐずぐず谷《だに》をはいあがってくるのは、おばけかぼちゃたちではありませんか。

かぼちゃ怪人《かいじん》のふくウルセーラの音《おと》に合《あ》わせて、

ごろごろ、ごろごろろん、ごーろごろ！

と、行列《ぎょうれつ》を作《つく》って、どこまでもあとをついてくるのです。

かぼちゃ怪人《かいじん》が、
ウルセーラを
ふくのをやめると、
おばけかぼちゃたちは、
ぴたっと止《と》まり、そのまま、
下《くだ》り坂《ざか》をころがりおちていきます。
ふたたび、かぼちゃ怪人《かいじん》が、ウルセーラを
ふきはじめるとどうでしょう。

♪スースー、スカーブー！　スースカブー！
ごろごろ、ごろごろろん、

ごーろごろ！

おばけかぼちゃたちは、また、ころがりながら、坂《さか》をのぼってくるのです。

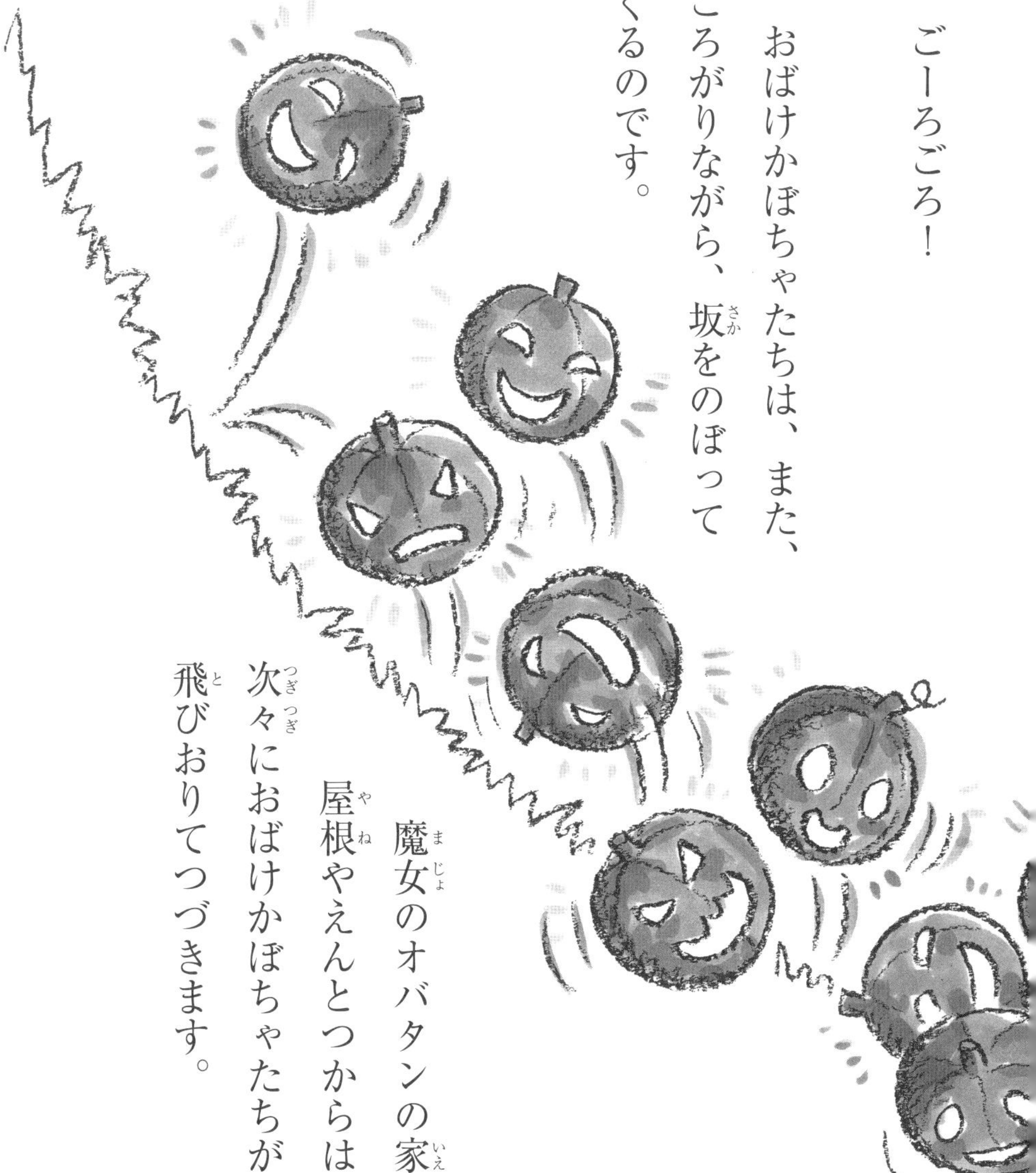

魔女《まじょ》のオバタンの家《いえ》の屋根《やね》やえんとつからは、次々《つぎつぎ》におばけかぼちゃたちが、飛《と》びおりてつづきます。

「外《そと》がさわがしいね。なんのさわぎだい？」

オバタンの家《いえ》のまどが開《ひら》いて、オバタンや使《つか》い魔《ま》たちが顔《かお》を出《だ》しました。

「うわ！　あたしのかぼちゃが！」

「ぐずぐず谷《だに》をのぼっていくニャン！」

「ど、どこへいくペロ？」

「行列《ぎょうれつ》の先頭《せんとう》で、だれかがラッパをふいてるブオイ！」

「ラッパの音《おと》につられていくバサ！」

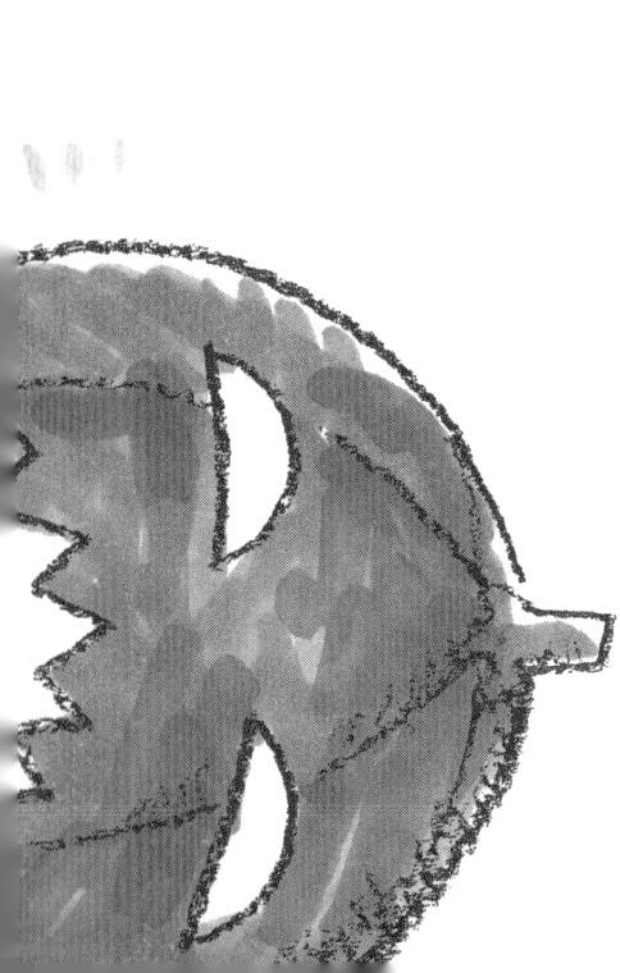

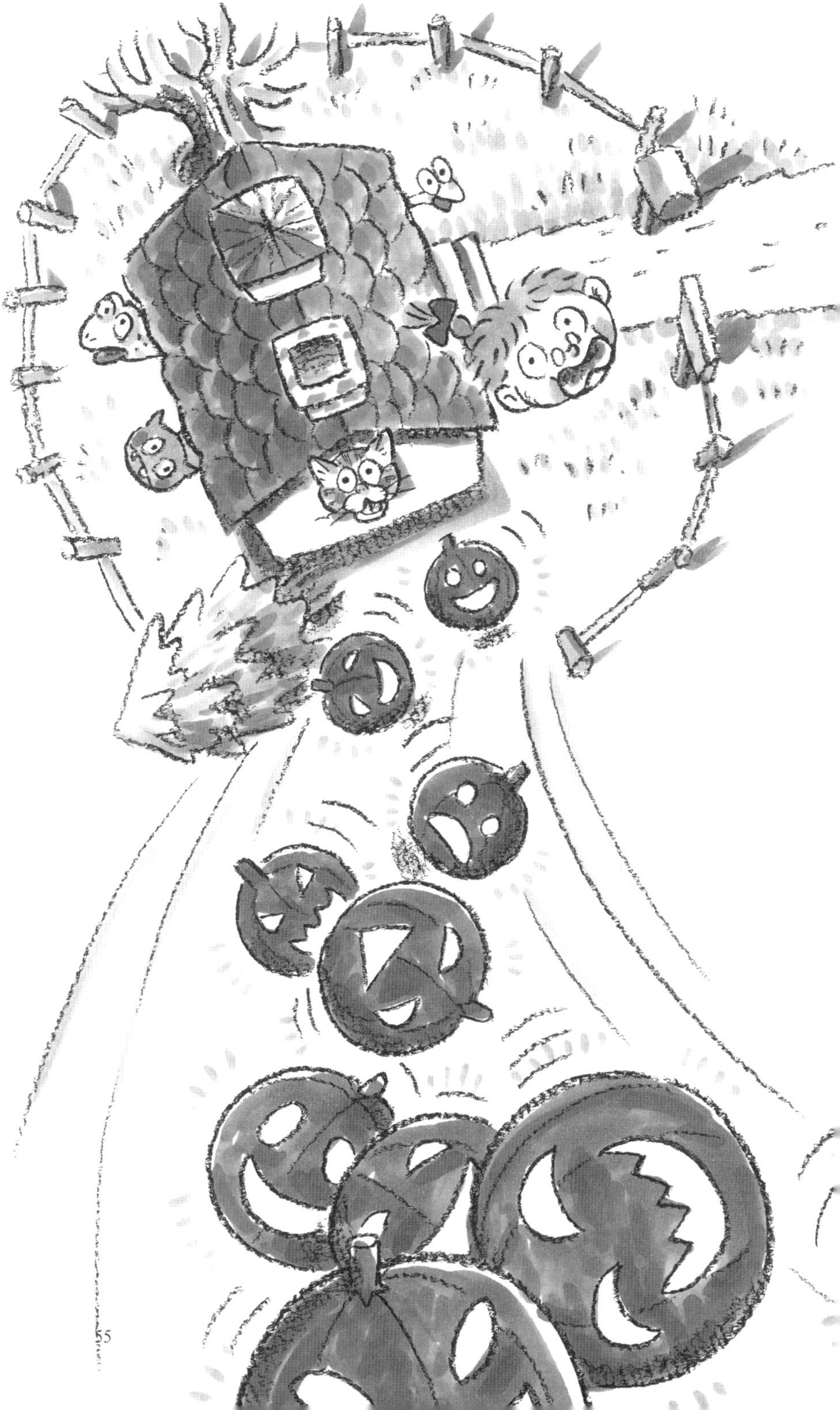

「取《と》りかえせー！　あたしのおばけかぼちゃを取《と》りかえせー！」

魔女《まじょ》のオバタンが声《こえ》をはりあげると、

「へい！」「ほい！」「はい！」「ふえい！」

使《つか》い魔《ま》たちは、家《いえ》を飛《と》びだしました。

ところが、使《つか》い魔《ま》たちが、いくら、かぼちゃを持《も》ってかえろうとしても、ラッパの音《おと》にはかないません。

しがみついている使《つか》い魔《ま》たちを乗《の》せたまま、かぼちゃの行列《ぎょうれつ》は、ごろりごろりと進《すす》みます。

「ぬぬぬぬ！　こうなったら、あたしのじゅもんで取《と》りかえすぞ！」
魔女《まじょ》のオバタンは、
じゅもんをとなえました。

ブックサ　ブックサ
グチグチ　ネチネチ
イジイジ　グズグズ
ガーガー　ギャーギャー
ブーブー　ブータラ
ガミガミ　ドカン！

「もどれ、あたしのおばけかぼちゃ！」

けれども、おばけかぼちゃたちには、ウルセーラの音《おと》しか聞《き》こえないようです。かぼちゃ怪人《かいじん》のあとを、どこまでも、ごろごろとついていくのでした。

そこへ、ちびっこおばけたちまでが
飛《と》びだしてきました。
「グー！　なんのさわぎ？
ああっ、ちょうちん行列《ぎょうれつ》だ！」
「よかったッス！　あたしたち、おばけかぼちゃ、
ひとつも取《と》れなかったから！」
「ちょうちん行列《ぎょうれつ》、ついていくッピ！」
ふわんふわんふわんと、行列《ぎょうれつ》に
ついてきました。

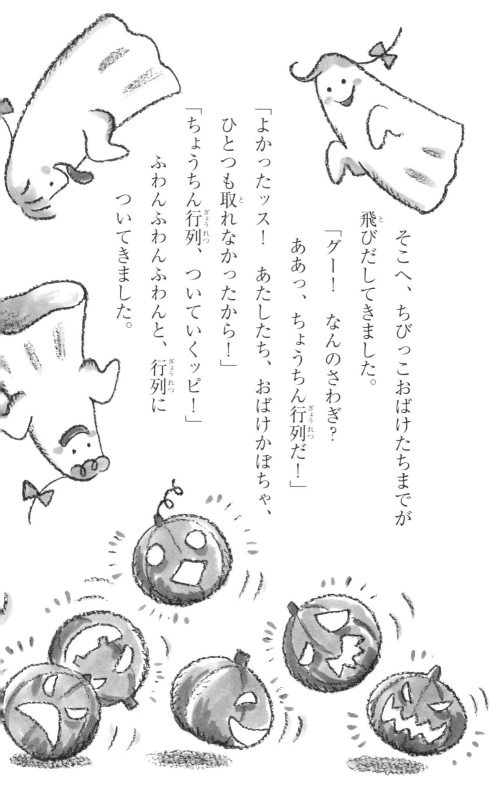

よろこんだのは、かぼちゃ怪人《かいじん》です。

「ビャーッ！　あのかわいい子《こ》ちゃんたちがやっと来《き》てくれた！」

いっそうはりきって、ウルセーラをふきながら、村中《むらじゅう》を歩《ある》きまわりました。


♪スースー、スカーブー！

スースカブー！

スースー、スカーブー！

スースカブー！

ごろごろ、
ごろごろろん、
ごーろごろ！

ちびっこおばけたちも歌《うた》います。

♪ほうき星《ぼし》さん　やってくる
ぞくぞく村《むら》に　やってくる
ちょうちん行列《ぎょうれつ》　目印《めじるし》にして
三十年《ねん》に一度《ど》　やってくる

それを見《み》たぞくぞく村《むら》のおばけたちは、われもわれもと、ちょうちん行列《ぎょうれつ》に参加《さんか》しました。

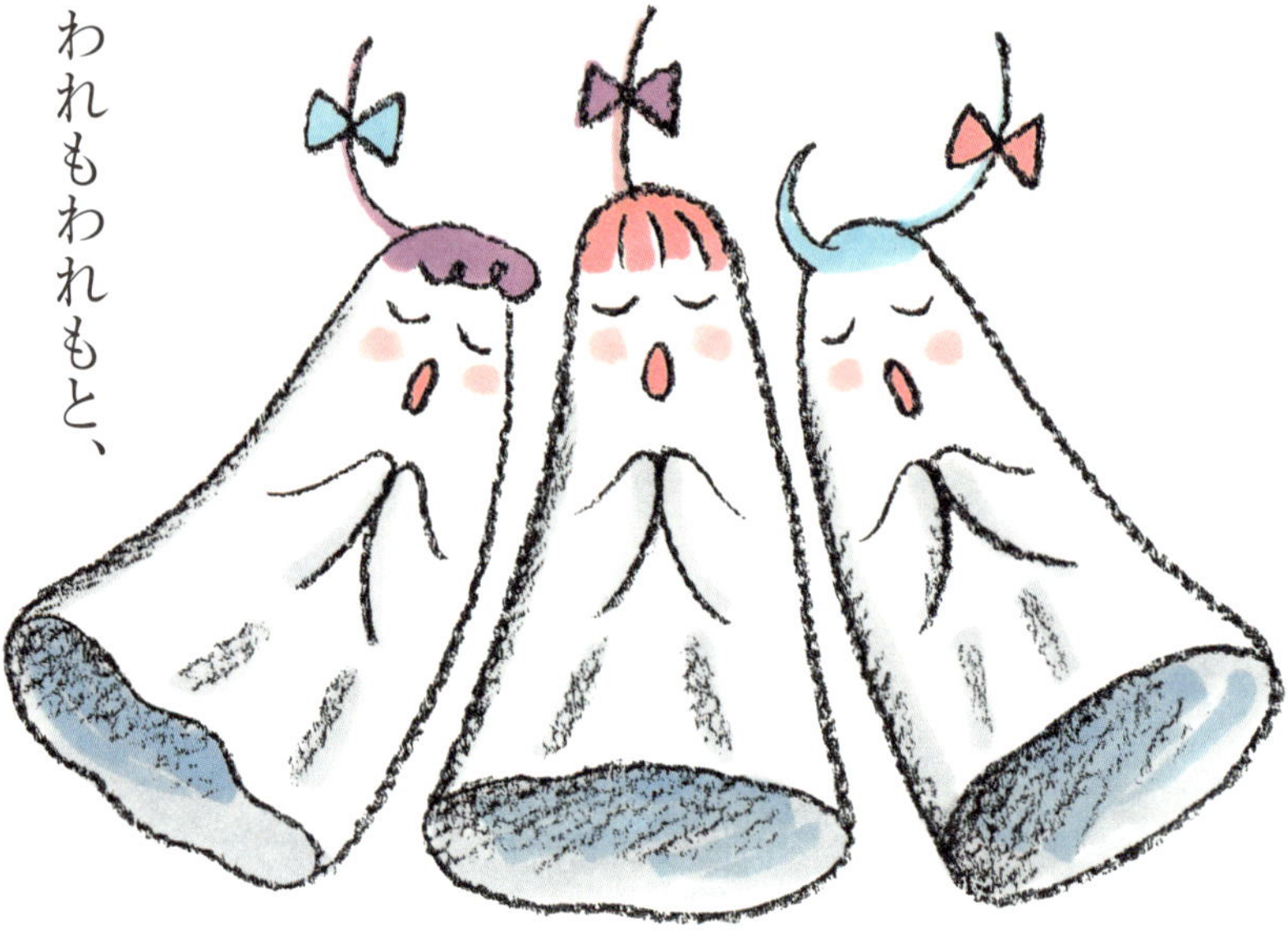

ちょうちん行列《ぎょうれつ》が、かたかた橋《ばし》の上《うえ》を通《とお》りかかると、
ミイラのラムさんとマミさんも、顔《かお》を出《だ》しました。
「おや？ かぼちゃ怪人《かいじん》がふいているの、
うちのお店《みせ》のウルセーラじゃないかい？」
「そうだわ。まあ、なくなったと思《おも》ったら、
あんなところに！」
「ふうむ。かぼちゃ怪人《かいじん》がふくと、
おばけかぼちゃがついてくるのか。」
「あたしたちもいっしょに、ほうき星《ぼし》を
おむかえしましょう。」
こうして、ラムさんとマミさんも、ちょうちん行列《ぎょうれつ》にくわわりました。

ぞくぞく村《むら》をねりあるく
ちょうちん行列《ぎょうれつ》は、空《そら》の上《うえ》からも、
よく見えたことでしょう。
ほうき星《ほし》は、ぞくぞく村《むら》の
ま上《うえ》に、ぐんぐん
近《ちか》づいてきました。

そして、とうとう、三日目《みっかめ》の夜《よる》には、巨大《きょだい》なほうきが、村中《むらじゅう》を、シャカシャカ、シャカー！　サッサカ、サー！　とそうじして、通《とお》りすぎていきました。

ほうき星《ぼし》が通《とお》りすぎていったあとは、ぞくぞく村《むら》はどこもかしこも、ちりやゴミをはきだしたようにきれいさっぱり！

おまけに、ほうき星《ぼし》がふりまいていったのでしょう。あたり一面《いちめん》、星《ほし》くずがふりかかって、きらきらかがやいています。

BOOK

でも、こんども、ぐずぐず谷《だに》の魔女《まじょ》のオバタンの家《いえ》だけは、わすれられてしまったのです。

くやしがっているのは、魔女《まじょ》のオバタンだけ。

ほかのおばけたちは、みんなで、ほうき星《ぼし》にむかって、声《こえ》をはりあげてさけびました。

「ありがとー！　ほうき星《ぼし》さん。」

「また、三十年後《ねんご》に、わすれないで来《き》てねー！」

ほうき星《ぼし》は、みんなに見《み》おくられながら、ぱかぱか森《もり》の向《む》こうに、小《ちい》さくなって消《き》えていきました。

腹《はら》の虫《むし》がおさまらないのは、
魔《ま》女《じょ》のオバタンです。
「くやしい～！　また、あたしの家《いえ》だけ、
おそうじしてもらえなかったよ。
あのかぼちゃ怪《かい》人《じん》のせいだ。おまえたち、
今《いま》から、かぼちゃ怪《かい》人《じん》にふくしゅうだ！」
魔《ま》女《じょ》のオバタンは、大《おお》なべに使《つか》い魔《ま》たちを
乗《の》せると、ブーンと空《そら》へ飛《と》びあがりました。
「かぼちゃ怪《かい》人《じん》はどこいった？　魔《ま》女《じょ》のオバタンをなめたら、
あかんぜよ。じゅもんで、うめぼしみたいにしぼませて、
お茶《ちゃ》づけにして、かっこんでやるぞ。」

「あ、あんなところにいましたニャン。」

ねこのアカトラが指《ゆび》さしたのは、もともとのおばけかぼちゃ畑《ばたけ》です。

かぼちゃ怪人《かいじん》は、おばけかぼちゃや、ちびっこおばけたちにかこまれて、ウルセーラをふいていました。

♪ピープラ、ピープラ、パーピヤプ～！
ピララ、ルルルル、パーピラピ～！

おや？　その音色《ねいろ》は、今《いま》までとちがって、なんだかみょうに胸《むね》にしみいる美《うつく》しい音色《ねいろ》です。
おばけかぼちゃもちびっこおばけたちも、首《くび》をふりふり、ウルセーラに聞《き》きほれています。

魔女《まじょ》のオバタンの大《おお》なべが、ドーンと着陸《ちゃくりく》すると、おばけかぼちゃたちは、いっせいに、ドヒャッと飛《と》びあがり、かぼちゃ怪人《かいじん》は、ゆっくりふりかえりました。

その顔《かお》を見《み》たオバタンは、ドッキーン！
なんと、かぼちゃ怪人《かいじん》は、ほうき星《ぼし》になでられて、
すっきりさっぱり。ゆでたまごみたいにつるんとして、
きりりとした目鼻立《めはなだ》ちになっているではありませんか。
おまけに、頭《あたま》のてっぺんにふりかかった星《ほし》くずが、
きらきらかがやいて、かんむりをかぶったみたいです。

「わおっ！　かぼちゃ王子《おうじ》だ！」

オバタンはそうさけぶと、ころがるように、かぼちゃ怪人《かいじん》にかけよって、言《い》いました。

「かぼちゃ王子様《おうじさま》！　こんど、ほうき星《ぼし》が来《く》るときは、ぜひ、あたしもちょうちん行列《ぎょうれつ》に入《い》れとくれ！」

四ひきの使《つか》い魔《ま》たちが、ジトーッと冷《つめ》たい目《め》つきで見《み》ているのもかまわず、オバタンは、かぼちゃ怪人《かいじん》のふくウルセーラの音色《ねいろ》に乗《の》って、おどりだしたのでした。

MENU
「おばけかぼちゃの丸《まる》ごと天《てん》ぷら」は、しばらくお休《やす》みします。（カフェテリアのっぺらぼう）

ぞくぞく村《むら》だより ⑯号《ごう》

かぼちゃ怪人監修《かいじんかんしゅう》
おばけかぼちゃ特集《とくしゅう》

◆発行所《はっこうじょ》◆
ぞくぞく村《むら》広報室《こうほうしつ》

ほうき星《ぼし》のおそうじのあと……

きれいになったのは、かぼちゃ怪人《かいじん》だけではなかった！

ラムさんとマミさんのほうたいがピカピカ

べろべろの実《み》がみんなにこにこの実《み》に

レロレロさんのじまんの髪《かみ》の毛《け》が七色《なないろ》に

ブティックびっくり箱《ばこ》のかんばんがキラキラデコに

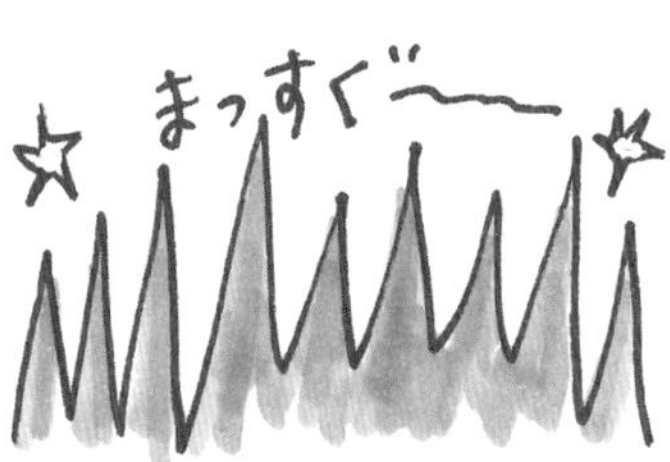

もじゃもじゃ原《はら》っぱがピンピン原《はら》っぱに

どんより沼《ぬま》のとりかえばばのしわがのびて…

オバタンの家《いえ》では

オバタンは、使《つか》い魔《ま》たちに「大《おお》そうじだ！」とやつあたり。

ところが、たった数《すう》か月《げつ》で、かぼちゃ王子《おうじ》もきれいになったお家《うち》も、みんなもとどおり……。

「これで村中《むらじゅう》おんなじさ。」

かぼちゃ王子《おうじ》だけは、

七つ子《ご》のおしめが１まいなくなりました。みつけた人《ひと》は、とどけておくれ〜。（ゴブリン）

おたよりください ▼あてさき▼〒一〇一—〇〇六五 東京都千代田区西神田三—二—一 あかね書房「ぞくぞく村」係

ほうき星《ぼし》って ほんとにあるの？

「ほうき星《ほし》」は正式《せいしき》には「す
星《せい》」といいます。「地球《ちきゅう》」や
星《せい》」のように、太陽《たいよう》のまわり
まわっているんだよ。

「すい星《せい》」はちりや氷《こおり》のかた
りでできている。太陽《たいよう》に近《ちか》づ
と、氷《こおり》がとけだし、ガスとち
がいっしょになって、長《なが》いほ
きのようなしっぽに
なります。

太陽《たいよう》のまわりをだ円形《えんけい》にまわ
ているから、もどってくるの
何十年《なんじゅうねん》も先《さき》になったりする
だ。でも、実際《じっさい》のほうき星《ほし》
おそうじはしてくれませんよ。

「かぼちゃまつり」に招待《しょうたい》されたよ！

かぼちゃ怪人《かいじん》の 世界《せかい》のかぼちゃレポート

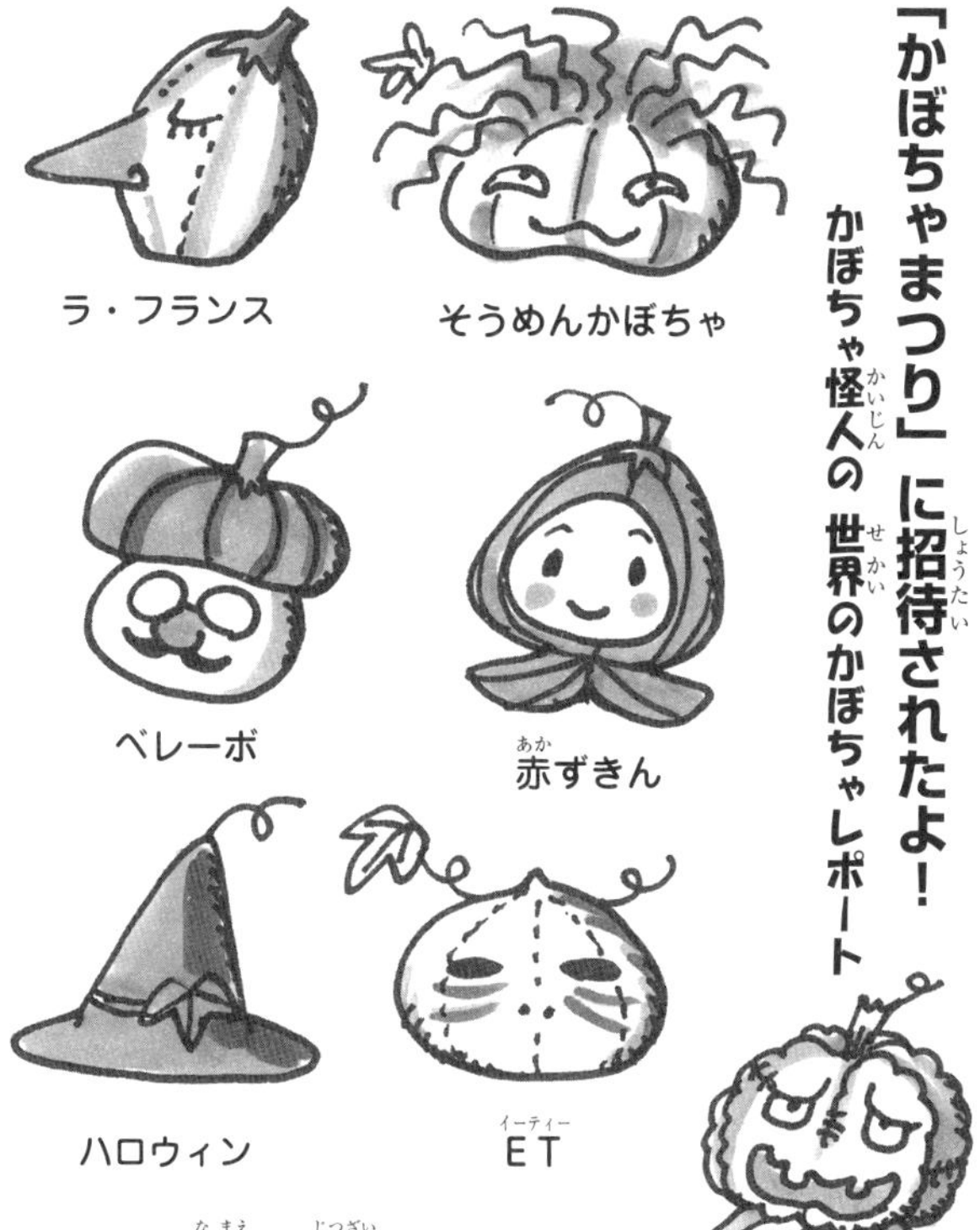

ラ・フランス

そうめんかぼちゃ

ベレーボ

赤《あか》ずきん

ハロウィン

ET《イーティー》

※かぼちゃの名前《なまえ》は、実在《じつざい》するものばかりです

サークル仲間ぼしゅう！

かぼちゃ怪人《かいじん》より

♪ウルセーラをふきこなして、好《す》きなものを呼《よ》んじゃおう！

ぞくぞく 美術館《びじゅつかん》

にがお絵展《えてん》 かいさい中《ちゅう》!! 作品《さくひん》もぼしゅう中《ちゅう》!!

おめかし ビショビショ
大阪府・まゆさん

おしごと ペラさん
長野県・央暉さん

作者　**末吉暁子**（すえよし　あきこ）
神奈川県生まれ。児童図書の編集者を経て、創作活動に入る。『星に帰った少女』（偕成社）で日本児童文学者協会新人賞、日本児童文芸家協会新人賞受賞。『ママの黄色い子象』（講談社）で野間児童文芸賞、『雨ふり花さいた』（偕成社）で小学館児童出版文化賞、『赤い髪のミウ』（講談社）で産経児童出版文化賞フジテレビ賞受賞。長編ファンタジーに『波のそこにも』（偕成社）が、シリーズ作品に「きょうりゅうほねほねくん」「くいしんぼうチップ」（共にあかね書房）など多数がある。垂石さんとの絵本に『とうさんねこのたんじょうび』（BL出版）がある。2016年没。

画家　**垂石眞子**（たるいし　まこ）
神奈川県茅ヶ崎市出身。多摩美術大学卒業。絵本の作品に『もりのふゆじたく』『きのみのケーキ』『あたたかいおくりもの』『あついあつい』『なみだ』『しょうぼうじどうしゃのあかいねじ』（以上、福音館書店）、「ぷーちゃんえほん」シリーズ（リーブル）など、童話の作品に「しばいぬチャイロのおはなし」シリーズ（あかね書房）がある。画を手がけた作品に『ちびねこチョビ』『ちびねこコビとおともだち』（以上、あかね書房）、『かわいいこねこをもらってください』（ポプラ社）、『ぼくの犬スーザン』（あすなろ書房）など。
垂石眞子ホームページ
https://www.taruishi-mako.com

ぞくぞく村のおばけシリーズ⑯　**ぞくぞく村のかぼちゃ怪人**

発　行 ＊ 2011年9月第1刷　2025年3月第10刷　　NDC913　79P　22cm
作　者 ＊ **末吉暁子**　画　家 ＊ **垂石眞子**
発行者 ＊ 岡本光晴
発行所 ＊ **株式会社あかね書房**　〒101-0065 東京都千代田区西神田3-2-1
電話 03-3263-0641（営業）　03-3263-0644（編集）
http://www.akaneshobo.co.jp
印刷所 ＊ 錦明印刷株式会社　製本所 ＊ 株式会社難波製本

ISBN978-4-251-03656-8

ぞく村
おしゃれおばけの家
びよびよ丘
オバタンの家
もじゃもじゃ原っぱ
ゴろゴろの木
ミイラのラムさん
ゴブリンの家
とんとん橋
おばけかぼちゃ畑
吸血鬼の家
ぱかぱか森